푸른사상
시선

80

발에 차이는 돌도 경전이다

김 윤 현 시집

푸른사상
PRUNSASANG

푸른사상 시선 80

발에 차이는 돌도 경전이다

인쇄 · 2017년 10월 15일 | 발행 · 2017년 10월 20일

지은이 · 김윤현
펴낸이 · 한봉숙
펴낸곳 · 푸른사상사

주간 · 맹문재 | 편집 · 지순이, 김수란 | 마케팅 · 김두천, 이영섭
등록 · 1999년 7월 8일 제2-2876호
주소 · 경기도 파주시 회동길 337-16(서패동 470-6) 푸른사상사
대표전화 · 031) 955-9111(2) | 팩시밀리 · 031) 955-9114
이메일 · prun21c@hanmail.net / prunsasang@naver.com
홈페이지 · http://www.prun21c.com

ⓒ 김윤현, 2017

ISBN 979-11-308-1218-2   03810

값 8,800원

푸른사상 시선 80

발에 차이는 돌도 경전이다

달리 먹을 것이 많지 않았던 시절
나는 홍시를 무척 좋아했다
홍시를 먹을 때는
맨손으로 몇 번이나 스윽 문지르다가
붉은색이 더 드러나면
잠시 쳐다보다가
침을 꼴깍 삼킨 후에야 먹었다
내 시가 홍시만이나 할지

2017년 9월
김 윤 현

| 차례 |

■ 시인의 말

제1부

제2부

제3부

제4부

제1부

돌탑 1

버려진 돌을 모았을 뿐인데
탑이 되었다
흔들리는 마음을 내려놓는 이름이 탑인지

정성껏 쌓는 일이
그대로 꿈이었으므로
합장 끝에 응답이 없어도 괜찮았다

모였다가 흩어지는 것이 세상일이듯
탑 꼭대기에는 아무것도 없으므로
돌아오는 것 또한 기대하지 않았다

돌 하나 더 얹어놓는 일
또한 마음속 돌 하나 덜어내는 것이리라 여기니
발에 차이는 돌도 죄다 경전이다 싶다

돌이 될지 탑이 될지는 마음에 달려 있는 것
어디 있어도 돌 하나가 곧 탑이라 여기니
뭐 굳이 쌓지 않아도 괜찮겠다 싶다

돌탑 2

하나가 부족하다는 생각에
하나만 하고 돌을 쌓다 보면 돌탑이 된다

세상은
하나가 이루어지면 다른 하나가 고개 드는 곳

돌을 쌓아 빈 곳마다 꼭꼭 채우려는 생각 마라
다 채우면 틈이 없어 더 외로워진다

허공은 텅텅 비어서 더 푸르지 않은가
세상은 가득 차지 않아서 살 만한 곳

하나만 더 하고 쌓다 보면
쌓은 것조차 무너지는 것이 돌탑이다

잡은 것도 실은 가진 것이 아니라면
쌓았던 탑에서 하나씩 돌을 내려놓아야지

하는 순간 저기 돌이 다시 눈에 띈다

마애불 앞에서

두 손 모으고 절을 거푸 해도
바위처럼 입 다물고 말해주지 않는다
눈짓 하나도 없다

해법을 물으면 스스로 찾으라는 건지
입이 닳도록 빌어도 숨 죽인 채
아무런 말이 없다

대답을 기다리는 사이
실은 석불이 되었다가 바위가 되었다 하기를
수없이 반복했을지도 모를 일

석불의 시간이 될지 바위의 시간이 될지
두 손을 모아도 도통 기척을 느끼지 못할 바엔
석불이 바위이고 바위가 석불이라는 말
다시는 꺼내지도 마라

바위가 되기까지도 오랜 세월 걸렸다

간고등어

죽은 후에야 더 오래도록 빛나는 이가 있다

지금 전기 속 어느 위인들을 되짚어보자는 것이 아니다

죽어서도 살아 있을 적 못지않게 축복받는 이가 있다

지금 어느 전위예술가의 삶을 곱씹어보자는 것이 아니다

살던 곳에서부터 가장 멀수록 더 많은 환영받는 이가 있다

지금 어느 선교사의 헌신적인 일생을 묵상하자는 것이 아니다

죽었어도 살아 있을 적 못지않은 인기를 누리는 이가 있다

지금 요절한 어느 가수를 상기시켜보자는 것이 아니다

전성기는 생애에 한 번으로 끝나지 않음을 보여주는 이가 있다

지금 컴백하여 성공한 어느 배우를 말하려는 것이 아니다

죽음은 끝이 아니라 삶의 연속임을 보여주는 이가 있다

적송

적송은 제가 믿는 것에 대하여

의심해본 적이 없는 것 같다

제가 선 자리에서 곧장 뿌리 내리고

한 발짝도 거처를 옮기지 않은 것을 보면 안다

그뿐만이 아니다

힘들 때면 껍질을 쩍쩍 갈라 견딘 걸 보면 안다

또 그뿐만이 아니다

솔가리를 떨어뜨리면서

온 삼동을 버틴 걸 보면 안다

저렇게 붉게 다짐까지 한 얼굴 보면

한 번 믿은 것에 대하여

얼마나 안간힘을 다해 지키려 했는지 알겠다

이육사가 그랬고 윤동주가 그랬듯이

사막을 생각함

생긴 것은 다 덧없다기에

바람 불 때마다 안간힘 다해 지워본다

그럴 때마다 쌓아온 한 언덕을 지우면

다른 곳에서 다시 나타나는 다른 언덕

이미 생긴 것을 없앤다는 건

도를 깨치는 것보다 더 어려운가 보다

죽은 세포 같은 모래조차도

이미 생긴 형체를 저리도 지울 수가 없다면

생은 사면이 막막한 사막이 아닌가

그래, 지울 수 없다면 차라리 안고 가보자

모래 같은 이 세상에도

오아시스가 영 없는 것은 아니니

반반

달도 하루에 반은 접어두고 산다

해도 하루에 반만 환하게 산다

달은 어둠 속에서도 부족함이 없다

해는 밝음 속에서도 뽐내지 않는다

반을 남겨두어서 그럴까

반을 가지고도 나머지 반도 차지하고 싶어

사람들은 어둡게 살고 있다

해가 져야 달이 온전해지고

달이 물러나면 해가 다가서는 것을 보고도

사람들은 그렇게 살고 있다

반을 놓지 못하면 나머지 반도 흔들린다

박수도 반반이 모여서 소리가 나고

악수도 반반이 만나 정겨워진다

보물 덩어리 지구도 반은 밤이다

내 것 아닌 반을 내려놓고 나면

남성이어서 반인 나도 반반해질 것 같다

탑리오층석탑 1

한 세상을 건너기 위하여
탑리오층석탑은 기다릴 줄 알지

웬만한 눈비쯤이야 오는 대로 맞으며
아름드리나무 뿌리까지 뽑아버리는 태풍에도
한 치 흔들림 없는 자세로
기다렸지

그렇게 기다리는 동안
탑리오층석탑은
제 삶에 금이 가는 속울음을 침묵으로 넘겼지

오랜 기다림 속에서
지키는 침묵이 속 깊은 말로 전해지기도 하고
칠층 너머 구층까지 쌓아올리고 싶은 욕심 버리고
수많은 사람들 수심을 가라앉히는 수행도
남모르게 쌓았지

기다림은 설익은 생을 여물게 하는 길이

낮은 곳에서도
웃음을 잃지 않는 사람들을 위하여
탑리오층석탑은 지금도 기다리고 있지
경북 의성군 금성면 탑리에서

탑리오층석탑 2

탑리오층석탑은
부처의 말씀인 대웅전을 버린 지 오래다

솜털구름은 솜털 같은 말씀으로
푸른 소나무는 푸른 말씀으로
지혜로운 사람은 지혜로운 말씀으로

이미 할 말 다 했으니
무슨 말씀이 더 필요 있겠나 싶었겠지

구름은 구름이면 되고
소나무는 소나무면 되고
사람은 사람이면 되는 거라고

사람이 소나무에게 그러하듯*
사람이 구름에게 그러하듯

거룩한 말씀이 없어도 되겠다

의성군 탑리에서 탑리오층석탑
의성군 탑리에서 탑리오층석탑

말씀이 없어도 말씀이 되고 있다

대웅전이 없어도
탑리오층석탑이 국보이듯이

* 백석 시 「흰 바람벽이 있어」에서 빌려왔음.

겨울 논에 대하여

평평하게 엎드려 생각해본다
혼자서는 아무것도 이루어낼 수 없다는 것에 대하여
제 몸을 갈아엎고 썩어 만신창이가 된다 해도
벼를 키울 수 있는 것은
비가 와서 땅이 마르지 않는 거
건강한 농부가 있어야 된다는 거
가을까지 이어지는 햇볕이 있어야 완성된다는 거
아니, 쉴 수 있는 겨울이 있어
논은 꿈을 꿀 수 있다는 거
논은 몸을 낮추어 생각해보는 거다
싱싱했던 풀이 썩어
자신을 더 빛나게 해주었던 거
보이지 않는 공기와 더불어
가장 평범한 것이 가장 소중하다는 것에 대하여
아아, 세상에 무관한 것 하나 없다는 거
제 스스로는 아무리 기름지다 해도
혼자서는 벼 한 포기도 기를 수 없다는 것에 대하여

가을이 되면 논은 다 나눠준 다음

겨울 들판에서 다시 묵상 중이다, 논은

등

아무리 다급하다 해도
보이지 말아야 할 것이 있다

비굴하다거나 야비하다는
때로는 배신이라고 읽히기 십상이기에

그러기에 앞으로 당길 수가 없다
당긴다 해도 다시 뒤로 읽힌다

그렇다고 저 등을 등한시할 수 있을까

무거운 짐을 내맡겼다가도 편안하게 누울 때면
다들 싫어하는 바닥이 되어주지 않느냐

우리가 비굴하게 엎드릴 때도
위가 되어 부끄러움을 덮어주기도 하고

스스로 감당 못 할 벽을 만나면

등부터 기대기도 하지

등이 가려울 때면

한 번 시원하게 긁어주지도 못하면서

바람개비

바람개비는 바람을 버려야 살 수 있다는 걸 안다

무는 그걸 지키지 못해 몸을 통째로 망치기도 한다

바람을 잡으면 자신의 삶은 끝나는 줄도 안다

바람이 빠를수록 생은 활기가 넘친다는 것도 안다

자신을 잘 접으면 나비도 되고 비행기가 되는 것도 안다

어느 방향을 틀어야 생이 열리는지도 안다

민들레도 그걸 알고 바람 불면 살 곳을 찾아 나선다

바람 잘 날 없는 것이 삶인 줄 바람개비는 안다

낙동강

좋은 자리 차지하려 한 적 없이

위로 거슬러 오르려 한 적이 없이

목마른 생명들을 사랑하여

낮은 곳으로 내려가려 생애, 낮고 길다

더 넓고 더 깊은 세상을 위하여

바다에 이르면 또 자신을 슬쩍 감춘다

처음부터 끝까지 행위가 맑다

그곳에서는

춘란은 눈보라에도 푸르름 잃지 않고 살아왔습니다

때죽나무는 뿌리 내린 곳이 좋아 제자리를 지킵니다

그들은 피우는 꽃이 예뻐도 예쁘다고 하지 않습니다

다람쥐는 더 좋은 곳으로 갈 수 있어도 가지 않습니다

다른 친구들의 삶과도 비교하지 않았던 것이겠지요

춘란은 때죽나무의 높음을 부러워하지 않고

때죽나무는 다람쥐가 오거나 가거나 간섭하지 않습니다

다람쥐는 먹을 수 있는 열매가 없는 춘란을 미워하지 않습니다

선방에 든 듯 평화롭습니다 공소에 든 듯 경건합니다

그곳은 제 혼자 소유하지 않는, 하나같이 말을 하지 않고 사는

산입니다 산비탈입니다 계곡입니다 별빛만 가득합니다

노루귀와 감나무

진리보다 순리를 앞세운 걸까
노루귀는 가진 것 하나 없어도 만족하며 산다
때가 오면 꽃을 앞세웠다가 잎을 내세웠다가 하며
감나무처럼 높지 않아도 기죽지 않는다
감나무가 느끼지 못하는 미풍도 느낄 수 있어
감나무가 아니어도 즐겁게 산다

감나무는 그런 노루귀를 부러워하지 않고
새가 앉아 쉴 수 있는 가지가 있어 행복해한다
벌레가 잎을 갉아 먹어도 먼 산만 보며
가지마다 잎을 수없이 달아놓는다
감나무는 넓고 둥근 잎으로
햇볕이 따가운 이에게 그늘을 내려주면서 푸르게 산다

감나무의 삶을 따라할 수 없는 노루귀는
봄추위에도 꽃을 피워 아름답게 살고
감나무는 노루귀가 가질 수 없는 나뭇가지 가진 것만으
로도

세상을 푸르게 산다

감나무는 감나무여서 감나무대로 감나무로 살고
노루귀는 노루귀여서 노루귀대로 노루귀로 산다

길이 되는 사람

만나면 길이 되는 사람이 있다

생각만 해도 꽃길이 되는 사람이 있다

아무리 만나도 길이 보이지 않거나

아예 길을 끊어버리는 사람도 있고

길인 듯해도 길이 되지 않는 사람도 있지만

만날수록 길이 여러 갈래로 난 사람도 있다

지름길로 달려 목적지에 빨리 도착하기보다

둘러 가더라도 바른 길을 가는 사람도 있다

오르막과 내리막을 받아들이며

밝음과 어둠으로 축을 잡아가는 길

만날수록 길이 넓어지는 사람도 있다

만날수록 길이 길을 부르는 사람도 있다

여러 길을 품고 있는 사람 만나서

해가 떠서 달이 이슥토록 걷고 싶다

다리가 오래도록 저려도 상관이 없겠다

돌

대갈통만 한 돌이 머리 굴리지 않고도

그럭저럭 산자락까지는 내려왔다

경사진 곳이 발 내딛기가 수월했던 모양이다

산자락을 지나면서는 평지

평지에서는 한 발 내딛기가 오히려 어렵겠다

한 사날 쏟아지는 비에 홍수라도 몰려와야

겨우 몇 발짝 거처를 옮길 수 있겠다

경사진 곳이 없으면 움직일 수도 없어

살아 있어도 사는 것이 아닌가 싶다

돌의 이름으로 산다는 것이 그렇다

제2부

길을 물으니

강은 산을 버리라 하고
바다는 강을 버리라 하네

바위는 돌아다니지 말라 하고
바람은 내키는 대로 다녀보라 하네

산은 무엇이든 다 품어주라 하고
바다는 무엇이든 다 받아주라 하네

땅은 허물을 묻어주라 하고
하늘은 낮은 곳을 외면하지 말라 하네

많이 배운 사람에게는 묻지 않기로 했네

길

세상에는 원래 길이 없었다

사람이 없으니 길이 없었던 거다

사람이 다니면서 길이 트였다

그러고 보니 사람이 다 길인가 싶다

사람을 만나 내 속에서 찾을 수 없는

한 세상을 여는 길을 얻고 싶다

바위 1

바위는 조금씩 흔들리며

말없이 제자리 찾았기에

세찬 바람에도 흔들리지 않는다

크고 작은 흔들림의 무게로

중심 참 야무지게 잡은 것 같다

아주 오래갈 것 같다

바위에 올라 오래 걸터앉고 싶다

바위 2

반반한 옷 한 벌 없이도 살면서

노래도 웃음도 다 내려놓은 걸까

본래 가진 것 없어 버릴 일 없었지만

버릴 일 없어 가질 일 또한 없었다

맨몸인 숲에서 들려오는 새소리도

세상이 슬플 때는 울음으로 들리고

즐거울 때는 노래로 들리는 법

세상은 노래라 여기면 노래 아닌 것이 없고

울음이라 여기면 울음 아닌 것이 없다

노래인지 울음인지는 마음에 달려 있다는 건지

바위는 그런 마음조차 버린 건지

흔들림 없는 탑처럼

바위는 오래 오래 말이 없다

말하지 않는다

바위 3

속부터 꽉 채우는 생애

산속에서도 외롭지 않아 보인다

도무지 늙어가는 흔적이 없다

어디에 자리한대도 변함없는 표정

호불호를 입에 담지 않는 습성이

지울 수 없는 물감처럼 몸에 배었다

인간의 수명보다 더 오랜 수련 끝에

암자에 든 듯 다다른 경지라

내 평생에 다다르기 어려워 보인다

강물 사랑

지나온 계곡이 다른 몸으로 만나

맑고 깊게 하나로 이룬 사랑

천의무봉, 흠잡을 데가 없다

자타공인 천생연분이 분명하다

못 견딜 추위나 목 타는 가뭄에도

갈라서는 일은 없어 보인다

저런 사랑이라면 오래 푸르겠다

하늘까지는 몰라도 바다까지는 너끈하겠다

가실성당*

가실성당은 기도를 요구하지 않는다

묵상하면서 용서와 겸손을 가까이하고

가끔 별을 불러서 성경 위에 두라 한다

처음 다짐한 것들이 얼마나 멀어졌는지

야윈 손으로 가슴을 한번 쓸어보라 한다

성당으로 향했던 첫걸음이 어긋나면

한쪽으로 기울어진 생각과 더불어

강물에 슬쩍 떠내려 보내고 다시 돌아와

별이 내린 십사처나 한 번 돌아보라 한다

주기도문을 떠올리지 않아도 괜찮다 한다

그저 따듯한 가슴 흔들리지 않으면 된다고

나 생각하듯 남을 보면 된다고 한다

가실성당은 별빛 스며든 기도로 가득 차서

찾아오는 이에게 기도를 요구하지 않는다

* 경북 왜관에 있음

수평선

언제부터였을 것이다

높은 하늘은 깊은 바다를 닮고 싶어

아래로 내려오려고 했을 것이고

깊은 바다는 높은 하늘을 닮고 싶어

위로 올라가려고 했을 것이다

막상 서로를 향해 다가서려 하자

하늘은 너무 높아 바다까지 내려갈 수 없었고

바다는 너무 깊어 하늘까지 올라갈 수 없었다

서로에게 다가가고 싶은 마음은 높고 깊어

하는 수 없이 중간에서 만나기로 했을 터

수평선이었다, 중용을 생각한 것일까

무수한 파도 뒤에 자리한 일직선

수평선은 다가서면 다가선 만큼 멀어진다

중용에 다가서기가 어려운가 보다

그래서 지금도 수평선이 그리워진다

산이 전하는 말

삶에는 능선 같은 굴곡이 없을 수 없는 거라

살다 보면 평지는 그리 많지 않은 거라

평지도 생각만큼 평평하지는 않은 거라

진정으로 산다는 것은

오르막이 눈앞에 닥치다가도

예상 못 할 내리막이 이어지는 거라

세상을 올려 보기도 하고 내려 보기도 하면서

계곡 같은 깊이를 찾아가는 거라

음지와 양지가 생의 곳곳에 자리하여

좌우, 완급을 잡아주는 거라

이쯤하면 더 얘기하지 않아도 알아듣겠지

눈
— 사제를 위하여 3

바람에 떨고 있는 가느다란 나뭇가지까지 다가가 같이 흔들리기도 하고 가파른 언덕을 지나 가장 낮은 곳까지 내려가기도 하고 진흙 속으로 발 내딛다가 제 몸 온전히 추스르지 못하다가도 세상 보얗게 보듬어보려다 끝내 스러지고 마는 그러다가 언젠가 하늘로 올랐다가 우리가 가장 추워하는 날, 다시 하얗게 내려온다 가진 것이라고는 순백 몸뿐인 채로

꽃이어서

혹한도

폭서도

장마도

가뭄도

말없이 다 받아들였으니

생애가

아름답게 빛이 난 거지

나무들

우리가 외로워할 때도 신갈나무는 비탈에서 기다려주었다

우리가 힘겨워할 때도 물박달나무는 능선에서 견뎌주었다

우리가 슬퍼할 때도 쪽동백나무는 계곡에서 지켜주었다

우리가 절망할 때도 광대싸리나무는 음지에서 푸른 잎을
보여주었다

우리에게 봄을 안겨준 장본인들이다 참 고마운 분들이다

들꽃 1

먼저 꽃을 피우니

벌도 나비도 새도 날아왔다

먼저 향기를 품으니

사람들도 웃으며 가까이 다가왔다

먼저 하는 일이

꽃이 되고 향기가 되는 길임을

저 작은 들꽃이 알게 하네

들꽃 2

뿌리 내린 바로 이곳이
알고 보니 살고 싶어 했던 곳

잎이 돋아난 바로 이곳이
살아보니 가고 싶어 했던 곳

꽃을 피우는 바로 이곳이
돌아보니 오래 머무르고 싶던 곳

여기 바로 눈앞 여기지
웃으며 꽃대를 세우고자 했던 곳이

들꽃 3

노루귀 하면 노루귀가 귀를 연다

흰젖제비꽃 하면 흰젖제비꽃이 얼굴을 내민다

타래붓꽃 하면 타래붓꽃이 타래타래 피어난다

들꽃 하고 부르니 모든 꽃이 웃는다

들꽃, 모두를 아우르는 말이라 정겹다

추상이 때로는 더 섬세할 때도 있다

반짝이는 별

한 발 디딜 수 없는 곳에서

바람이 불 때면

별은 유난히 반짝인다 한다

그런 별을

사람들은 유난히 좋아한다

별이 기분 좋아서 반짝이는 줄 알고

연꽃

발 디딜 수 없는

한 발 내딛다가는 점점 더 깊게 빠져

끝내 밖으로 나올 수 없는

저 캄캄한 수렁도 늪도 진흙도

다 천하 명당자리가 될 수 있음을

해마다 수면 위로 고개 내밀어

복채도 받지 않고 점지해주는 분

상생

꿀풀은 수분을 위해

송이마다에 꿀을 마련해두면

벌은 수분시켜준다는 생각도 없이

꿀을 먹기 위해

송이마다 들락거린다

수분은 수분대로 되고

양식은 양식대로 된다

자신을 위하는 일인데도 남을 살린다

자연에서는 늘 일어나는 일이다

노후(老後)

시곗바늘처럼 일 초도 어김없이

차곡차곡 쌓여가는 저, 저, 정기적금

부금을 넣기 싫을 때가 종종 있다

아예 해지했으면 하는 때도 있다

그러나 나이 든다는 것이

좋은 포도주처럼 익는* 거라 여기니

적금을 슬그머니 받아들일 수밖에

* 케빈 필립스가 한 말을 인용했음.

제3부

눈사람

티 하나 없이 하얀

겉과 속이 저리도 똑같다

추울수록 자세가 더 꼿꼿하다

사람이 아니라서

참, 아깝다

삶이 있는 풍경 1

얇게 휘어 있는 등에

내려앉는 것이 미안해서일까

어느 추운 날

눈은 체중을 최대한 줄여본다

일면식도 없었지만

춘란은 그걸 알기라도 하듯

한 송이 한 송이 다 업어준다

그러다가 더 견딜 수 없을 때

땅에 살짝 내려놓는다

그걸 아무도 모르게 하고 있다

태어나서부터 한 해도 거르지 않고

삶이 있는 풍경 2

　모래는 한곳에 모여 있다가 누군가 제 얼굴에 그림을 그리면 바람이 지우기 전까지는 전시해준다 전시 기간을 정하지는 않는다 무료다 눈은 내딛는 흔적을 보관해준다 세상이 추울수록 더 정성스레 한다 들꽃은 찾아오는 이가 길을 잃을까 봐 늘 제자리에서 꽃을 피운다 향기까지 풍긴다 조약돌은 마음 씻을 이 찾아올까 모난 성질머리 다듬고 다듬으며 기다린다 기다리는 사이도 물속에서 다듬는다 오래 걸려도 쉬 포기하지 않는다 다 남을 위하며 살아가는 모습이다 자연이 하는 일, 자연스럽다

만년설

천 년을 열 번 지내고도

늙었다는 느낌이 들지 않는 외모

만 년 나이 처녀다

깨끗하게 살겠다는 빛깔, 하얗다

티 하나 없이 살아야 한다는 꿈

겉과 속이 다르지 않게 살면서

한 번 결정한 결가부좌상

오랜 세월 흘러도 변함이 없다

혹한이 닥치면 태도는 더 뚜렷해진다

그대 눈부신 생애

눈으로 보면 눈으로만 보이고

눈을 감아도 눈에 어른거려

내 가슴에 영원한 처녀로 사는 그대

성녀처럼 자나 깨나 그립다

석축

출신이 각기 다른 자들이 한자리에 모여

작아서 잡지 못하는 중심을 큰 돌이 세우고
커서 생기는 틈을 작은 돌이 메워준다

왼쪽이 낮으면 작은 돌 하나 다가서 맞추고
오른쪽이 높으면 돌 하나 물러서 함께한다

상식의 모범이 된 삶이여!

그대는 바람이 불어대도 기울어지지 않았다
그대는 폭우가 쏟아져도 무너지지 않았다

그러는 사이
담쟁이가 안전하게 기어오를 수 있었고
개망초는 평화롭게 뿌리를 내릴 수 있었고
다람쥐도 아무 걱정 없이 잠잘 수 있었다

낭떠러지에서 세월의 한 축을 쌓으면서도

지위에 대하여 아무 말 없이

무너져 내리는 일 없이

제자리 지켜온 뚝심의 면면들이여!

류(流)

가만히 있지 못하겠다 가만히 있는 것이 죄라도 된다는 말
인가 발이 없어야 더 잘 달릴 수 있다고 다짐한다 다들 내리
막을 두려워하지만 몸과 마음은 내리막에서 맑아지는 법, 오
르막은 누구를 누르고 올라야 하는 독이 있다 구르는지 흐르
는지는 중요하지 않다 내 것으로 붙잡을 손도 없어 내리막이
오히려 체질에 맞다는 걸까 내려가는 끝에는 하나가 되는 합
환(合歡)이 도사리고 있음을 아는지 삶을 얻으려 산속으로 가
듯 뜻을 모으려 산을 내려간다 밋밋한 경사에서의 흐름에서
부터 제 키에 수천 배 되는 언덕도 뛰어내리는 활강까지 수
련을 거치면 나무를 타고 역류할 수 있겠다 하늘에도 오를
수 있겠다 아직은 내려가야 할 때다, 류(流)!

들꽃

바람이 날려준 곳에서

새가 물어 나른 곳에서

한번 뿌리 내리면 대대로 살지

시시하게 위장 전입 따윈 하지 않지

그래도 다들 때가 되면 꽃 피우지

때가 되면 피운 꽃 스스로 내리지

그래서 들꽃은

사람들의 마음에서 피지

오래오래 시들지 않지

남산제비꽃

남산제비꽃은 겨울을 어떻게 보내야 할지 묻지 않는다
언어가 없고 입도 없으니 대답하지도 못한다
겨울을 지낼 방법이 딱히 없다
추위와 북풍 속에서 서 있을 뿐이다

겨울에 얼어 죽은 나무 보지 못했다
봄을 또 어떻게 맞이해야 하는지
남산제비꽃은 질문하지 않을 것이다
질문하지 않으니 대답 또한 없을 것이다

하고 싶은 말보다 듣고 싶어 하는 말을
꽃으로 피워볼 뿐이다
들판이 참 조용하다 지식은 없다
올봄엔 남산제비꽃들 또 아름답게 피겠다

메아리

주는 대로 다 받아 챙기지 않고

받은 만큼 되돌려주는 것을 관례로

평생을 살아온 그대

어린 시절 참 많이도 불러본 이름

이제 다시 불러보고 싶다

눈사태

무신 볼 일이 있어

하산을 그리도 째기 하니껴

사람 사는 마실이 암만 업따 캐도

산다는 기

뒤틀린 문쩨기 같아서

우예 해볼라꼬

입산하는 발길이 있어

해나 다치게 할지 모르니더

쫌 천처이 니리가면 안 될니껴

야아!

믿음에 대하여

믿어야 한다, 종교

믿고 싶다, 표지판

믿음을 줘야 한다, 판결

믿음직스럽다, 뿌리

믿기를 잘했다, 흙

믿은 보람이 있다, 책

사람, 믿을 수 있을까

화단에 피는 꽃

자신이 원하는 곳이 아닌

남이 필요로 하는 곳에서 핀다

꽃이라는 이름 참 곱게 어울린다

어머니를 대신하는 이름 같다

마네킹

사람이 입은 것처럼 해야 한다

움직이지 않고 서서

한 사람이라도 더 이목을 끌기 위해

폼을 잔뜩 내줘야 한다

사는 일이 자신에게는 무익해도

해줘야 할 때가 있는 것

그러면서 은근히

저것 봐, 옷은 제대로 입었지 하는

환청이라도 들으며 사는 거지

최고봉

꽃에서부터 나무에 이르기까지

산자락에 거의 모두 내려다주고

가진 거라고는 쓸모없는 바위뿐

바람이 가장 세게 부는 곳에서

눈보라를 제일 먼저 맞는 분

깊은 참선이 쌓인 고승 같다

그래서일까

지금도 죽음을 무릅쓰고

찾아오는 이의 발길이 이어지고 있다

명당(明堂)

발 푹푹 빠지는 늪이 수련에게는

가느다란 나뭇가지가 곤줄박이에게는

물기 없는 마사토가 난초에게는

얇은 수면이 소금쟁이에게는

발 디딜 곳 없는 하늘이 새털구름에게는

사람에게는 편안하게 해주는 사람이

벽공

한숨에서 통곡에 이르기까지

눈물이 묻어 있는 소리란 소리는

죄다 말없이 받아주어서

얼굴이 저리도 푸른 것이라면

마음은 물어보나 마나겠다

세상은 멀고 고단한 눈물의 터전

받아주어야 할 일이 많아

지금도 텅 하니 비워두고 산다

기울기

지구가 23.5도 기울어져 있어
우리가 온전하게 살아가는 것을 생각해본다
계절의 변화와 더불어
기울기가 없으면
해빙기가 없어 얼음은 더욱 두껍게 얼고
지구의 물은 점점 줄어들어 감감해진다

누군가의 밑변 같은 생애가 있어
다른 누군가 올라앉는 높이가 보장되는 것도
그 사이에 보이지 않는 기울기가 있어 가능할 것이다
다들 도덕같이 똑바로 살라 하지만
높이만이 선이라는 듯
다들 수직 상승을 노리지만
수직 하강을 걱정하지 않는 사이에도
세상은 기울기가 있어 온전해지는 것이다
모든 유효함은 기울기에서 나오는 것이리라
스스로 기울기가 되는 사람이 많아
지구는 안방처럼 안전한 것이다

약국 가는 길

그 약국에는 어떤 병도 낫게 하는 약을 판다

그럼에도 불구하고 약값은 받지 않는다

신기의 묘법을 부리는 약사가 있는 것도 아니다

그 약국에는 무면허 약사만 근무한다

그래서 누구나 제조할 수는 있지만

혼자 제조하면 정신 나갔다고 오해받기 십상이다

두 사람 이상이 함께 제조해야 신비의 명약이 된다

유사품이 많지만 효능은 거의 비슷하다

그럼에도 불구하고 부작용은 전무하다

만병통치의 명약을 구하실 분은 기억하시라

"하하", "하핫", "하하핫", "우하하하핫"

"허허", "허허허헛", "호호", "히히" 등등

그런데 약국 가는 길은 그리 쉽지 않다

제4부

새해에는

새해에는
자주쓴풀꽃을 보기 위하여
허리를 많이 굽힐 것이다
모감주나무를 보러 가기 위하여
운동화 끈도 더 자주 잡아 맬 것이다
굴참나뭇잎과 떡갈나뭇잎이 어떻게 다른지
그 껍질과 열매의 생김새도 알아볼 것이다
다정큼나무 너머로 들려오는 새소리에
오래도록 귀를 열 것이며
계곡에 흐르는 물소리 따라
콧노래라도 어설프게 부를 것이다
좋아하는 친구의 시도 덩달아 떠올려볼 것이다
하늘다람쥐를 보게 되면
놀라지 않도록 기척을 내지 않을 것이며
언젠가 본 적이 있는 꽃들도
무심코 지나치지 않을 것이며
이름 모를 꽃은 보면 가장 나중까지 기억할 것이다
동네 동산이라도 이름이 있는지 찾아볼 것이며
오랜 친구를 만나면 이들을 제일 먼저 얘기할 것이다

농게

출세하고자 했다면

앞만 보고

또박

또박

걸어갔지

기차를 타면

기차를 타면
지나온 궤적이 고정되어서
낡은 보수주의자가 되는 건 아닐까
이탈은 없을 것이라고
변화는 무서운 결과를 초래한다고
커피나 마시며 달리는 동안
가만히 있기만 하면
원하는 곳에 이를 거라고
살아가는 길에
순방향 역방향이 있기는 해도
누구에게나
동일한 속도로
동일한 보폭을 요구하는 철로가
일상까지 동일하게 실어 나를 것 같아
기차를 타면
철 지난 보수주의자가 되는 것이 아닌가 하여
마음이 쇳덩이처럼 무거워질 때가 있다

사는 일

자신을 낮추기 위하여

강은 쉬지 않고 산을 내려온다

맑은 날을 기대하며

하늘은 먹구름도 늘 가까이하고 있다

씨앗을 맺기 위하여

술패랭이는 때가 되면 꽃잎을 지운다

열매 하나 얻기 위하여

다람쥐는 여러 나무를 오르내리며 산다

가고 싶은 곳에 이르기 위하여

달팽이는 느리게라도 발길 옮긴다

다 사는 일이다

따라해 봐도 괜찮을 것 같다

처럼*

한낱 조사에 지나지 않는 처럼에는
악마도 살 수 있고 천사도 살 수 있겠다
악마처럼 하면 악마가 나타날 것 같고
천사처럼 하면 천사가 나타날 것 같다

처럼은 아무 가진 것 없지만
가지지 못할 것도 없다
쌀처럼 하면 쌀을 가진 것 같고
그림처럼 그림이 그려지는 것 같다

비워놓아 다 채울 수 있는 이름
가지지 못할 것이 없는 문장보다
더 많은 것을 가질 수 있는 이름
앞으로 나서지 않아서 더 빛나는 이름

사람으로는 살 수 있어도

처럼으로는 살 수 없는 것이 사람이다

나처럼에서 나를 비워두어야 하겠다

* 윤동주 시 「십자가」에서 제목을 얻어옴.

인어

사람이고 싶을 때 나는 늘 물고기였다
뭍에서 살고 싶어도 바다를 떠날 수 없었다
뭍이 아지랑이처럼 늘 아른거렸다
꿈을 꿀 수 있는 사람을 그리다가도
꿈을 꾸지 않아도 되는 물고기로 돌아오기 일쑤였다
바다에 살고 있으므로
물고기류라 불릴 때마다
사랑에 빠지는 사람이고 싶었다
꿈이 물속에 잠겨버린 또 다른 나는
그럴 때마다 고개를 내밀어 하늘을 바라보기만 했다
발길 닿는 곳이 뭍이면 싶을 때는 늘 바다였다
사람들이 그리울 때마다
지느러미로 바다를 벗어날 수는 있었지만
뭍에 오를 수는 없었다
내가 또 다른 내가 될 수 없는 세상에서
나는 늘 인어일 수밖에 없었다

구름이 되어

나는 구름으로 살았다

따스한 햇살이 되어주기보다

그 햇살을 이유 없이 가린 적이 많았음을 안다

더위에 지친 초목에게 잠시 그늘을 내려주기도 했지만

정작 그늘이 필요할 때는

산 너머로 슬쩍 돌아선 적도 많았음을 고백한다

목이 마른 들꽃에게 일시적으로 비가 되어

생기를 조금 돌게도 해주었지만

스스로를 주체하지 못한 열정은 소나기가 되어

예상 밖의 상처를 준 적도 많았음을 속죄한다

가랑비라도 기다리는 날에는 새털구름이 되어

파란 하늘을 배경 삼아 제 멋에 젖기도 했다

그래서 누구는 야속함으로 읽어보기도 하고

누구는 가벼움과 변덕으로 치부하기도 하지만

태양이 너무 뜨거울 때면

가끔 있어주기를 바라는 이름으로 남고 싶어

하늘 높은 곳으로 기웃거려본다

두려운 인생

무난하게 살아서라기보다

더 새로워지지 못해서

남 보듯 나를 보기보다

나 보듯 남을 보지 못해서

끼어들기

내 사랑하는 사람과
산에서 얘기하고 있을 때
뺨이 하얀 산새가
알아들을 수 없는 말로 끼어들었다
기분이 좋았다

계곡에 이르렀을 때는
물소리도 쉬지 않고 끼어들었다
기분이 계속 좋았다

겨울 어느 춥고 흐린 날에는
함박눈이 끼어들었다
기분이 좋게 쌓였었다

강물

젊었을 때는 무작정 건너려 했지만

이제는 누군가를 건네주고 싶다

꿈

평생을

제자리에서 초록으로 살아가는 나무를 보며

금욕을 생각해본다

좋은 것과 나쁜 것의 구별을 섬세하게 하며

동등보다 공정이 먼저라는 생각도 해본다

수치적인 동등보다는 배분적 평등이 열려 있는

규칙 없이도 정의가 통하는 사회를 그리며

낮은 곳으로만 편안하게 흐르는 물과 더불어

어디서고 푸르게 사는 풀도 떠올려본다

좋은 것들이 착한 사람들 손에 잡히는 꿈과 더불어

대나무 곁으로

채울 대로 채우고도 허전할 때

대나무 곁으로 다가서 본다

텅 하니 속은 비우고도 꺾이지 않는 결기로

푸름 또한 평생을 이어가는 대나무

그게 무너져 내릴까 봐

제 몸 마디마다 엮은 것을 본다

모여 살기에 긴 가지를 내뻗지도 않은 채

담이나 집의 배경이 되어 산다

어느 종가의 출사하지 않는 어른 같다

비워야지 버려야지

너무 뻔한 다짐이 앞설 때마다

대나무를 마음속에 키워보고 싶다

수목(樹木) 혹은 수목(修木)

산다는 것이

자신의 목소리를 찾아

그 목소리 조용히 갈고 닦는 것이라

살아간다는 것도 알고 보면

말없이 잎을 달았다가 지우며

뿌리로 남모르게 깊이를 쌓는 일

또한 숨 쉬는 것과 무에 다르랴 싶다

겨울이 여름과 다르지 않다고 여긴 나무는

해마다 올곧은 나무가 되었던 것이라

나무는 나무로만 있으면 되는 것이라고

나무를 닮은 퇴계 선생이 여기서

경(敬)을 찾은 것이리라

가고 싶은 길

꽃 피고 새가 노래하는 길이 있다 해도
내 작은 손길 닿을 수 없다면
나는 그 길을 택하지는 않겠다
평탄하여 오래 걸을 수 있다 해도
많은 사람들이 간다고 해도
나는 그 길을 고집하지는 않겠다
차라리 풀이 돋아나지 않고
나무가 자라지 않는 길이라 해도
허름한 발자국 하나 남길 수만 있다면
나는 그 길을 가겠다
빛이 희미하게 비친다 한들 어떠리
남보다 조금 더 걷는다 해도 괜찮다
달이 뜨고 별이 비치면 밤이라도 좋다
낮고 조용한 곳을 좋아하는 친구가 있어
시를 생각하고 인생을 나누다가
대금 한 가락에 한잔 술을 건넬 수 있으면
이제는 그 길을 가고 싶다

오늘도 내일도

오늘도 고깔제비꽃을 친견하였다

그 옆에 나란히 흰젖제비꽃과 더불어

주변에서 들려오는 동박새 소리도 청취했다

멀리서 울음 붉도록 머금고 있는 노을에

어둡도록 마음 내맡겼다

그러한 잠시 별들을 밤늦도록 헤아려보았다

내일도 어릴 적 소풍처럼 기다려진다

귀거래

나 이제 가고 싶네

옳음도 그름도 없는 곳

아침 햇살이 심심찮게 내리면

새소리 들려오는 곳으로

한나절쯤 귀 기울이리라

낮은 곳을 찾아

마음, 물 따라 흘러가리라

흐르고 흐르다가 웅덩이 만나면

맑게 머물며 아무 소리도 내지 않으리라

하늘이 비치고 구름이라도 흐르면

그저 잔물결 하나 없이 머물리라

바람처럼 이름도 남기지 않으리라

나 돌아가 머무를 곳

향기 조금 나는 들꽃 한 송이면 그만이리라

밤이면 능선 너머로 뜨는 별을 보며

생각에 잠기다

슬며시 잠들 수 있는 곳으로

나 이제 가고 싶네

나팔꽃

기어올라야 할

이쪽저쪽을 철저히 갈라놓는

각이 진 저 수많은 철조망 앞에서

네가 내뻗는 줄기가

내게로 다가오기만 바란 적이 있었다

녹도 잘 슬지 않는

어찌할 손잡이 하나 없는 길

우리의 안과 밖을 갈라놓은

오래 눈먼 철조망을 건너

꽃을 피우기 위해서는

네가 내게로 뻗어오기 전에

내가 내뻗는 줄기가

네게로 이어져야 함을 알겠다

달리 단단한 줄기가 없는 우리는

철조망으로 갈라진 곳에서 싹이 텄기에

숲을 보면

숲은 아름답기만 한 줄 알았네
저희들끼리 모여 옹기종기 동반하는
언제나 푸른 말씀인 줄 알았네
바람이 불면 같이 흔들리면서
각다분한 세월 견디는
비가 오면 같이 빗물을 머금으며
목마른 세월 함께 건너는 줄 알았네
아름다운 새소리 불러 모으며
제 몸 내주면서 풀벌레 키워주는
늘 성인으로 사는 줄 알았네
그러나 숲 속에 들어가 보니
타래난초에게 가야 할 햇빛도 가로채고
싸리나무 뿌리가 뻗어야 할 땅도 다 차지하여
거대한 숲을 이루었지만 속이 텅텅 비어 있는
마치 우리나라 정치 집단 같아
숲을 보면 마음이 편하지 않은 때가 있네

낮춤과 구도(求道)의 길

고명철

김윤현의 시를 음미하고 있으면, 좋은 시가 절로 품고 있는 어떤 구도(求道)의 모습을 만날 수 있다. 이 모습은 결코 작위성을 보이지 않는다. 도(道)에 결핍되거나 결여된 것을 애써 드러 냄으로써 그것을 반드시 추구해야 한다거나 꼭 채워야 한다는 욕심에 사로잡혀 있지 않다. 또한 시쳇말로 도가연(道家然) 척하 지도 않는다. 김윤현의 시에서 만날 수 있는 구도는 대상이 품 고 있는 자연스러움 자체로부터 생성되는 것이지 자연스러움을 일부러 비틀거나 낯설게 하는 어떤 왜상(歪像)으로부터 촉발된 심상과 거리를 둔다. 가령, 탑에 대한 시적 사유를 살펴보자.

모였다가 흩어지는 것이 세상일이듯
탑 꼭대기에는 아무것도 없으므로
돌아오는 것 또한 기대하지 않았다

돌 하나 더 얹어놓는 일
또한 마음속 돌 하나 덜어내는 것이리라 여기니
발에 차이는 돌도 죄다 경전이다 싶다

                          ―「돌탑 1」부분

탑리오층석탑은
부처의 말씀인 대웅전을 버린 지 오래다

솜털구름은 솜털 같은 말씀으로
푸른 소나무는 푸른 말씀으로
지혜로운 사람은 지혜로운 말씀으로

이미 할 말 다 했으니
무슨 말씀이 더 필요 있겠나 싶었겠지

                          ―「탑리오층석탑 2」부분

　흔히들 탑은 위로 쌓아 이뤄진다. 분명한 사실은 쌓아지는 높이가 한정돼 있다. 아무리 높이 쌓고 싶은 인간의 욕망이 있다 하더라도 무한천공의 하늘 끝까지 탑은 닿을 수 없다. 높이 쌓으면 쌓을수록 마주하게 되는 것은 광대무변하게 펼쳐진 허공뿐이다. 말하자면, "탑 꼭대기에는 아무것도 없"다. 오히려 무엇인가 있다면, 그것은 텅 비어 있는 '태허(太虛)'가 있다. 생각해보면, 이 무슨 모순이며 아이러니인가. 아무것도 없는 것, 바로 그것이 있는 것이라니……. 이것이야말로 시인이 마주하는 존재의 자연스러운 진리가 아니고 무엇인가. 그래서일까. 시인은

"돌 하나 더 얹어놓는 일"은 곧 "마음속 돌 하나 덜어내는 것"과 다를 바 없다는, 바꿔 말해 돌탑을 한 층 쌓는 일은, 분명 돌 하나가 빈 공간을 차지하는 것인데도 불구하고 또 다른 '비어 있음'을 다시 확인하게 되는, 그래서 '텅 빈 공간'의 연속이 '있다'는 깨우침에 이른다. 따라서 이러한 깨우침의 계기를 준 그 흔한 돌이 "죄다 경전이다 싶"은 것은 너무나 자연스럽다. 그렇다면, 이러한 돌로 만들어진 탑리오층석탑이 절로 함의한 부처의 도는 어떤 것일까. "부처의 말씀인 대웅전을 버린 지 오래다"에 응축돼 있듯, 탑리오층석탑이 표상하는 부처의 도는 반드시 불가(佛家)와 관련한 것만이 아니라 도리어 불가로부터 해방된 유무형의 대상 본래가 지닌 존재로부터 그것을 구한다. 즉 "말씀이 없어도 말씀이 되고 있"(「탑리오층석탑 2」)는 모순과 역설을 넘어선 어떤 지경(至境)에서 부처의 도를 구하고 있다.

여기서, 김윤현의 이와 같은 구도적 모습은 스스로를 낮추든지, 또는 시적 대상을 겸허히 낮추는 시쓰기에서 만날 수 있다.

> 논은 몸을 낮추어 생각해보는 거다
> 싱싱했던 풀이 썩어
> 자신을 더 빛나게 해주었던 거
> 보이지 않는 공기와 더불어
> 가장 평범한 것이 가장 소중하다는 것에 대하여
> 아아, 세상에 무관한 것 하나 없다는 거
> 제 스스로는 아무리 기름지다 해도
> 혼자서는 벼 한 포기도 기를 수 없다는 것에 대하여

가을이 되면 논은 다 나눠준 다음
겨울 들판에서 다시 묵상 중이다, 논은
　　　　　　　　　　　　—「겨울 논에 대하여」 부분

좋은 자리 차지하려 한 적 없이

위로 거슬러 오르려 한 적이 없이

목마른 생명들을 사랑하여

낮은 곳으로 내려가려 생애, 낮고 길다

더 넓고 더 깊은 세상을 위하여

바다에 이르면 또 자신을 슬쩍 감춘다

처음부터 끝까지 행위가 맑다
　　　　　　　　　　　　　　—「낙동강」 전문

　풍성한 가을 수확을 거둔 논은 자신의 풍요로움을 자랑스레
내세울 수 있다. 하지만, "논은 몸을 낮추어 생각해보는" 가운데
가을 수확의 풍성함과 풍요로움에 대한 소중한 깨우침을 안겨
준다. 그것은 논농사와 관련한 모든 것들이 서로 겸허히 제자리
를 지키면서 제 몫을 충실히 다하는 "가장 평범한 것"의 조화를
이뤘기 때문이다. 즉 논은 "세상에 무관한 것 하나 없다는" 진리
를 자연스레 깨우친다. 물론, 논이 오만하지 않고 몸을 낮췄으
므로 이와 같은 소중한 진리를 얻게 된 것이다. 이러한 낮춤의

모럴은 "낮은 곳으로 내려가" "낮고 길"게 그러면서 "더 넓고 더 깊은 세상을 위하여" "처음부터 끝까지 행위가 맑"게 흐르는 낙동강으로 구체화한다.

김윤현의 이러한 시적 깨우침에서 "진리보다 순리를 앞세운 걸까"(「노루귀와 감나무」)와 같은 물음은 자못 의미심장하다. 이 시구에는 '진리≤순리'와 같은 다소 단순한 부등식이 성립한다. 억지스럽지 않고 자연스레 흘러가듯이 가는 도정에서 발견하고 성찰하는 '순리(順理)'를 통념적 '진리'보다 중시 여기는 시인의 시적 입장을 소홀히 간주할 수 없기 때문이다.

　　가만히 있지 못하겠다 가만히 있는 것이 죄라도 된다는 말인가 발이 없어야 더 잘 달릴 수 있다고 다짐한다 다들 내리막을 두려워하지만 몸과 마음은 내리막에서 맑아지는 법, 오르막은 누구를 누르고 올라야 하는 독이 있다 구르는지 흐르는지는 중요하지 않다 내 것으로 붙잡을 손도 없어 내리막이 오히려 체질에 맞다는 걸까 내려가는 끝에는 하나가 되는 합환(合歡)이 도사리고 있음을 아는지 삶을 얻으려 산 속으로 가듯 뜻을 모으러 산을 내려간다 밋밋한 경사에서의 흐름에서부터 제 키에 수천 배 되는 언덕도 뛰어내리는 활강까지 수련을 거치면 나무를 타고 역류할 수 있겠다 하늘에도 오를 수 있겠다 아직은 내려가야 할 때다, 류(流)!
　　　　　　　　　　　　　　　　　　　　　　—「류(流)」 전문

지상에서 존재하는 모든 것들은 낮은 곳으로 흘러가기 마련이다. 따라서 내리막이를 겁낼 필요가 없다. 간혹 오르막이도 있고 평탄한 길도 있지만, 결국 모든 길들은 내리막이를 거부할 수 없다. 그렇게 낮은 곳으로 속도와 방향의 차이가 있을 뿐 모든 것들은 내려가 흐른다[流]. 이것은 '진리'다. 동시에 이것은 '순리'다. 정리하면, '순리'로서 '진리'다. 김윤현의 이번 시집을 관류하고 있는 이 문제의식은 중요하다. 그가 추구하는 시적 진리는 '순리'를 어기면서 모색하는 그러한 것이 아니다. 그런데, 이것을 자칫 세계에 속수무책으로 순응하는 것으로 이해해서는 곤란하다. '순응'하는 것과 '순리'를 추구하는 것은 엄연히 서로 다른 맥락에 있다. 가령, 다음과 같은 시를 보자.

남산제비꽃은 겨울을 어떻게 보내야 할지 묻지 않는다
언어가 없고 입도 없으니 대답하지도 못한다
겨울을 지낼 방법이 딱히 없다
추위와 북풍 속에서 서 있을 뿐이다

겨울에 얼어 죽은 나무 보지 못했다
봄을 또 어떻게 맞이해야 하는지
남산제비꽃은 질문하지 않을 것이다
질문하지 않으니 대답 또한 없을 것이다

하고 싶은 말보다 듣고 싶어 하는 말을
꽃으로 피워볼 뿐이다
들판이 참 조용하다 지식은 없다
올봄엔 남산제비꽃들 또 아름답게 피겠다
　　　　　　　　　　　　　　　　　―「남산제비꽃」 전문

엄동 설한 속에서 남산제비꽃은 "질문하지 않"고 "대답 또한 없"는 채 "서 있을 뿐"이다. "봄을 또 어떻게 맞이해야 하는지" 질문도 하지 않는다. 겉으로 볼 때, 남산제비꽃의 이러한 태도는 한겨울에 순응하는 것으로 비쳐진다. 하지만 남산제비꽃은 제자리에서 몸을 최대한 낮춰 조용하게 겨울나기를 하고 있다. 그리고는 겨울 들판의 자양분을 섭취하면서 "올봄엔 남산제비꽃들 또 아름답게 피"울 채비를 단단히 하고 있다. 이것이 한겨울을 나는 남산제비꽃의 '순리'다. 봄에 남산제비꽃이 꽃망울을 터뜨리기 위해서는 한겨울에 역행하지 않고 한겨울을 잘 나야 하는 것이다. 이것은 지구의 자전축이 23.5도 기울어진 물리 조건을 아주 자연스레 '순리'로 받아들임으로써 지구의 자연환경이 품은 진리에 역행하지 않는 것과 다를 바 없다. 더욱이 지구의 이 자전축 기울기 때문에 지구 자연환경의 파괴와 혼돈이 없는 안전한 세상에서 인간은 삶을 누리고 있지 않는가.

누군가의 밑변 같은 생애가 있어
다른 누군가 올라앉는 높이가 보장되는 것도
그 사이에 보이지 않는 기울기가 있어 가능할 것이다
다들 도덕 같이 똑바로 살라 하지만
높이만이 선이라는 듯
다들 수직 상승을 노리지만
수직 하강을 걱정하지 않는 사이에도
세상은 기울기가 있어 온전해지는 것이다
모든 유효함은 기울기에서 나오는 것이리라
스스로 기울기가 되는 사람이 많아

지구는 안방처럼 안전한 것이다

—「기울기」 부분

　여기서, '순리'가 지닌 진리의 측면을 주목하는 시인에게 간과할 수 없는 것은 치열한 자기인식의 고투 속에서 보이는 '성찰'의 면모다. 시적 주체뿐만 아니라 시적 대상을 겸허히 낮추고 '순리'에 역행하지 않는 시인의 구도에는 일상의 삶에 조금이라도 안주하지 않으려는 존재의 긴장이 자리하고 있음을 알 수 있다.

기차를 타면
지나온 궤적이 고정되어서
낡은 보수주의자가 되는 건 아닐까
이탈은 없을 것이라고
변화는 무서운 결과를 초래한다고
커피나 마시며 달리는 동안
가만히 있기만 하면
원하는 곳에 이를 거라고
살아가는 길에
순방향 역방향이 있기는 해도
누구에게나
동일한 속도로
동일한 보폭을 요구하는 철로가
일상까지 동일하게 실어 나를 것 같아
기차를 타면
철 지난 보수주의자가 되는 것이 아닌가 하여

마음이 쇳덩이처럼 무거워질 때가 있다

　　　　　　　　　　　　　　　　　　—「기차를 타면」 전문

　일정한 속도로 목적지를 향해 철로 위를 달리는 기차 안에서 시적 주체는 "낡은 보수주의자가 되는 건 아닐까" 자문하면서, "가만히 있기만 하면/원하는 곳에 이를 거라고" 자기를 위안하지만, 이러한 모습 속에서 "철 지난 보수주의자가 되는 것이 아닌가" 하고 자기를 매섭게 성찰한다. 그렇다. 김윤현 시인의 구도는 이처럼 철저한 자기인식과 자기성찰의 과정에서 자연스레 수행되는 것이지 관념과 추상의 차원에서 추구되는 게 아니다. 그럴 때 "무난하게 살아서라기보다//더 새로워지지 못해서//남 보듯 나를 보기보다//나 보듯 남을 보지 못해서"(「두려운 인생」)의 행간에 배어든, 조금이라도 현실에 안주하지 않고 게으르지 않으며, 낡고 구태의연한 보수주의자로 전락하지 않으려는 시인의 준열한 시적 태도의 진정성을 헤아릴 수 있다.

　이와 관련하여, 시인의 냉철한 현실 비판은 일상의 관성에 매몰된 우리를 반성의 길로 인도한다.

　　　숲은 아름답기만 한 줄 알았네
　　　저희들끼리 모여 옹기종기 동반하는
　　　언제나 푸른 말씀인 줄 알았네
　　　바람이 불면 같이 흔들리면서
　　　각다분한 세월 견디는
　　　비가 오면 같이 빗물을 머금으며

목마른 세월 함께 건너는 줄 알았네
아름다운 새소리 불러 모으며
제 몸 내주면서 풀벌레 키워주는
늘 성인으로 사는 줄 알았네
그러나 숲 속에 들어가 보니
타래난초에게 가야 할 햇빛도 가로채고
싸리나무 뿌리가 뻗어야 할 땅도 다 차지하여
거대한 숲을 이루었지만 속이 텅텅 비어 있는
마치 우리나라 정치 집단 같아
숲을 보면 마음이 편하지 않은 때가 있네

―「숲을 보면」 전문

　숱한 타자들의 이해관계로 이뤄진 우리의 일상이 아무리 복잡하고 위태롭다 하더라도 일상의 구조 자체에 큰 변화가 없는 한 우리는 평범한 일상을 유지하며 살아간다. 각자의 자리에서 각자에게 부여된 사회적 역할을 충실히 수행하면서 일상을 가까스로 지탱시키고 있는 것이다. 시인은 이러한 우리의 일상을 숲에 비유한다. 갑작스런 천재지변이나 인위적 힘이 가해지지 않는 한 숲은 겉으로 볼 때 말 그대로 멀쩡히 아름다운 자태를 유지하고 있는 것처럼 보인다. 하지만, 시인이 비판하고 있듯, 숲 속의 생태와 환경이 아름다움과 거리가 멀듯, "우리나라 정치집단"도 생태와 환경이 파괴된 숲 속과 다를 바 없는 것으로 질타한다. 여기에는 숲 속 생태의 자연스러움이 존재하지 않기 때문인바, 인간 사회의 정치집단 내에서 공생 및 상생하는 정치와 거리가 먼 자기의 정치적 이해관계만을 관철시키려는 정치의 파행에 대한 시인의 준열한 비판의식이 자리하고 있다. 이것은 김윤현 시인이 추구하는 구도와 무관하지 않다.

　그렇다면, 그가 가고 싶고 추구하고 싶은, 구도의 길로서 시인의 삶은 어떤 것일까. 그는 어떤 거대하거나 빼어난 삶의 길을 욕망하지 않는다. 그가 정작 바라는 삶은 "상식의 모범이 된 삶"(「석축」)으로, 바위의 속성을 지닌 "어디에 자리한대도 변함없는 표정"(「바위 3」)을 지닌 채 "여러 길을 품고 있는 사람 만나서// 해가 떠서 달이 이슥토록 걷고 싶"(「길이 되는 사람」)은 삶이다. 물론, 이 길은 쉽지 않다. 하지만, 지금까지 그래왔듯이 김윤현 시인의 이러한 구도의 길은 중단되지 않은 채 묵묵히 겸허하고 낮은 자세로서 지속되리라.

　　　꽃 피고 새가 노래하는 길이 있다 해도
　　　내 작은 손길 닿을 수 없다면
　　　나는 그 길을 택하지는 않겠다
　　　평탄하여 오래 걸을 수 있다 해도
　　　많은 사람들이 간다고 해도
　　　나는 그 길을 고집하지는 않겠다
　　　차라리 풀이 돋아나지 않고
　　　나무가 자라지 않는 길이라 해도
　　　허름한 발자국 하나 남길 수만 있다면
　　　나는 그 길을 가겠다
　　　빛이 희미하게 비친다 한들 어떠리
　　　남보다 조금 더 걷는다 해도 괜찮다
　　　달이 뜨고 별이 비치면 밤이라도 좋다
　　　낮고 조용한 곳을 좋아하는 친구가 있어

시를 생각하고 인생을 나누다가
대금 한 가락에 한잔 술을 건넬 수 있으면
이제는 그 길을 가고 싶다

— 「가고 싶은 길」 전문

高明徹 | 광운대 국어국문학과 교수 · 문학평론가

푸른사상 시선 80

발에 차이는 돌도 경전이다

김 윤 현 시집